NOSSOS PASSOS VÊM DE LONGE

E OUTRAS HISTÓRIAS ANCESTRAIS

CONCEIÇÃO EVARISTO *ELIANA ALVES CRUZ*
CIDINHA DA SILVA *ANA PAULA LISBOA* *LUCIANA NABUCO*

NOSSOS PASSOS VÊM DE LONGE

E OUTRAS HISTÓRIAS ANCESTRAIS

ORGANIZAÇÃO
JANAÍNA SENNA

Editora
Nova
Fronteira

Copyright © 2025 by Conceição Evaristo, Eliana Alves Cruz, Cidinha da Silva, Ana Paula Lisboa, Luciana Nabuco
Copyright da organização © 2025 by Janaína Senna

Direitos de edição da obra em língua portuguesa no Brasil adquiridos pela Editora Nova Fronteira Participações S.A. Todos os direitos reservados. Nenhuma parte desta obra pode ser apropriada e estocada em sistema de banco de dados ou processo similar, em qualquer forma ou meio, seja eletrônico, de fotocópia, gravação etc., sem a permissão do detentor do copirraite.

Editora Nova Fronteira Participações S.A.
Av. Rio Branco, 115 — Salas 1201 a 1205 — Centro — 20040-004
Rio de Janeiro — RJ — Brasil
Tel.: (21) 3882-8200

Ilustrações de capa e miolo: Luciana Nabuco

Dados Internacionais de Catalogação na Publicação (CIP)

S478n   Senna, Janaína

        Nossos passos vêm de longe e outras histórias ancestrais / organizado por Janaína Senna. — 1. ed. — Rio de Janeiro: Nova Fronteira, 2025.

        112p. : 13,5 x 20,8 cm.

        ISBN: 9786556409641

        1. Literatura brasileira — ancestralidade. I. Título.

                                    CDD: 869.93
                                    CDU: 82-3(81)

André Felipe de Moraes Queiroz - Bibliotecário - CRB-4/2242

Conheça outros
livros da editora:

SUMÁRIO

NOTA DA ORGANIZADORA 7

PREFÁCIO 13

NOSSOS PASSOS VÊM DE LONGE... 23
Conceição Evaristo

ASSIM SE EXPLODE UM CORAÇÃO 35
Eliana Alves Cruz

ÁGUAS DE MAIO 57
Cidinha da Silva

SÃO LÁZARO 75
Ana Paula Lisboa

QUERÊNCIA 83
Luciana Nabuco

SOBRE AS AUTORAS 91

SOBRE A ORGANIZADORA 105

NOTA DA ORGANIZADORA

Passos que vêm de longe... Para as pessoas negras, é impossível falar deles sem evocar as trajetórias que as precedem, as histórias que as moldam e os ecos de vozes ancestrais que ressoam em seus passos. Esta coletânea nasce do impulso de reunir narrativas potentes, criadas por autoras que escrevem com sangue, para expor laços e feridas, mas também memória, para lembrar que somos feitos de vários ontens que insistem em se fazer presente. São cinco textos que, de formas distintas, desenterram silêncios e devolvem ao papel as dores, os afetos e a resistência de quem nunca deixou de caminhar.

Abrimos esta obra com a pena afiada de Conceição Evaristo. A crônica "Nossos passos vêm de longe...", que dá título ao livro, parte de uma fala absurdamente preconceituosa do ex-ministro Paulo Guedes (sobre a possibilidade de empregadas domésticas irem para a Disney quando o dólar estava mais baixo) para traçar uma cartografia íntima da história das mulheres negras no Brasil. A escritora narra, com a precisão de quem transforma memória em denúncia, o percurso de sua mãe e de tantas outras mulheres da família que, geração após geração, encontraram na profissão de doméstica um meio de sobrevivência. Se antes essas mulheres andavam descalças, observa Evaristo, agora estão comprando os próprios sapatos — e, para o desespero de muitos, ocupando espaços que historicamente lhes foram negados.

"Assim se explode um coração", de Eliana Alves Cruz, é um relato pungente sobre perda, desigualdade e racismo estrutural no Brasil. A narrativa se inicia com um episódio traumático: a mãe da protagonista sofre um enfarte fulminante. O choque que essa morte provoca é entrelaçado com uma retrospectiva da infância da narradora, marcada pela mudança para um bairro de classe média, onde sua família enfrenta o preconceito dos vizinhos e a sensação constante de não pertencimento. O racismo cotidiano se manifesta em apelidos pejorativos e na dificuldade de encontrar um espaço de aceitação, seja entre os moradores do prédio, seja em meio aos jovens da favela próxima. Ao costurar memórias pessoais com referências musicais e históricas, o texto de Eliana revela um Brasil desigual, em que ascensão social não significa imunidade ao preconceito.

NOTA DA ORGANIZADORA

Cidinha da Silva vem em seguida para nos contar a história de Renata, protagonista de "Águas de maio", dividida entre a montanha e o mar, entre a realidade e o sonho da oceanografia. Na Vila Real Pombal do Curral Del'Rey, onde cresceu, sua infância foi marcada pelo medo da desapropriação e dos deslizamentos, mas também pelo espírito comunitário e pela resistência cultural. A presença ameaçadora de tratores e retroescavadeiras no bairro e a luta contra a especulação imobiliária obrigam Renata e sua família a deixar o lugar que amavam. Ao ser forçada a se mudar, ela encontra no mar um refúgio e um meio de preservar a memória dos que foram desalojados, um espaço em que tenta resgatar o passado e suas raízes, conservando histórias que não se deixam soterrar.

Em "São Lázaro", Ana Paula Lisboa retrata a despedida de seu Omar, um homem que, diante da morte iminente, escolhe viver cada instante como uma celebração, criando novas e boas memórias afetivas com amigos e familiares. O mar — contido em seu nome — banha as páginas com promessas de amor feitas à companheira Dora e com o acolhimento salgado das águas que sustentam corpos e lágrimas. Entre a feira, a praia e o quintal inundado pelo samba, o personagem cria momentos de carinho, que eram, ao mesmo tempo, despedida.

NOSSOS PASSOS VÊM DE LONGE...

A esposa e o filho, Salvador, tentam se agarrar à esperança, mas a doença, silenciosa e inexorável, segue seu curso.

Fechando o volume, "Querência", de Luciana Nabuco, explora os laços entre mãe e filha, um vínculo marcado por rigidez, silêncios e uma dureza que parecia indispensável à sobrevivência. Criada entre tecidos, agulhas e ordens, Querência cresceu sob a vigilância materna. A mãe, exausta, via na costura um sustento e uma prisão, e na filha, mais um fardo a ser moldado pela disciplina e pela escassez. A infância, feita de obediências e renúncias, ensinou a menina a caber dentro de limites estreitos. Mas o desejo de ter e ser mais — contido em seu nome — nunca a abandonou. No velório da mãe, diante do corpo imóvel e das flores murchas, Querência revisita as imposições sofridas, a dureza disfarçada de proteção e o peso da pobreza que sempre exigiu sacrifícios. Ali, entre as sombras do passado e o sopro de um futuro possível, ela encontra um rompimento e segue em busca da vida que sempre lhe foi negada.

Mais que uma reunião de textos profundamente tocantes, *Nossos passos vêm de longe e outras histórias ancestrais* é um testemunho vivo da literatura que pulsa, que denuncia, que celebra. Aqui, para todo e qualquer leitor, cada linha é um passo dado,

NOTA DA ORGANIZADORA

cada página, um caminho aberto. Uma incitação para acordarmos para uma realidade que nem todos conhecemos e seguirmos sempre em frente, apesar de qualquer mau tempo.

Janaína Senna

PREFÁCIO

DAS LINHAS ANCESTRAIS QUE DESENHAM NOSSA ESCREVIVÊNCIA

> *Talvez o primeiro sinal gráfico que me foi apresentado como escrita tenha vindo de um gesto antigo de minha mãe. Ancestral, quem sabe? Pois de quem ela teria herdado aquele ensinamento, a não ser dos seus, os mais antigos ainda? Ainda me lembro, o lápis era um graveto, quase sempre em forma de uma forquilha, e o papel era a terra lamacenta, rente às suas pernas abertas. Mãe se abaixava, mas antes cuidadosamente ajuntava e enrolava a saia, para prendê-la entre as coxas e o ventre. E de cócoras, com parte do corpo quase alisando a umidade do chão, ela desenhava um grande sol, cheio de infinitas pernas.*
>
> Conceição Evaristo

A frase emblemática de Jurema Werneck — "Nossos passos vêm de longe" — se tornou uma espécie de frase-chave do movimento brasileiro de mulheres negras. Uma forma de lembrar que, se a sociedade nos quis esquecidas, estamos aqui para honrar as que vieram antes. Ela se refere à sabedoria ancestral das mulheres que construíram um país, uma cultura e, agora podemos afirmar com todo orgulho, uma literatura. Os passos criam uma imagem de pleno movimento, além de simultaneamente apontar para trás e para frente. Sankofa:[1] olhar para o passado, entender o presente, construir o futuro. Ver além sem abandonar o que foi construído.

Não é à toa que Conceição Evaristo escolhe a famosa frase para título de sua crônica que inaugura e nomeia esta coletânea. Muitas de nós reconhecemos a voz coletiva que reverbera ao ler/ouvir "nossos passos vêm de longe", sabemos que quando essa frase é repetida estamos sendo chamadas ao movimento.

Peço licença a Eliana Alves Cruz, Cidinha da Silva, Ana Paula Lisboa e Luciana Nabuco para dedicar espaço especial à Conceição Evaristo, pois, se nossos passos vêm de longe, os dela percorreram um caminho mais longo. Abro este prefácio com uma epígrafe de Conceição que transborda esse movimento ancestral. O texto "Da grafia-desenho de minha mãe, um dos lugares de nascimento de minha escrita" fala de uma escrita que se afirma apesar do que foi negado — a alfabetização escolar formal —, dando continuidade na diáspora às manifestações africanas de sabedoria, seja pela oralidade, seja pela escrita. A memória de infância presente nesse texto retorna na crônica "Nossos passos vêm de

---

1 Sankofa é um ideograma adinkra, sistema proverbial de símbolos criados pela cultura Ashanti, um povo da África Ocidental. Sankofa representa a importância de olhar para o passado para construir o futuro e pode ser representado por um pássaro com a cabeça voltada para trás ou por um coração estilizado.

PREFÁCIO

longe...", em que a autora recompõe a história das mulheres de sua própria família como trabalhadoras domésticas.

Encontramos essas histórias em prosa e verso na obra de Conceição Evaristo, como no poema — que já é um clássico da nossa literatura — "Vozes-mulheres". E no processo de escrita e elaboração dessa tradição literária, Conceição nos ensinou a escrevivência, conceito central para ler a obra de mulheres negras e fundamental para que nos apropriemos da caneta.

> Escrevivência, em sua concepção inicial, se realiza como um ato de escrita das mulheres negras, como uma ação que pretende borrar, desfazer uma imagem do passado, em que o corpo-voz de mulheres negras escravizadas tinha sua potência de emissão também sob o controle dos escravocratas, homens, mulheres e até crianças. E se ontem nem a voz pertencia às mulheres escravizadas, hoje a letra, a escrita, nos pertencem também. Pertencem, pois nos apropriamos desses signos gráficos, do valor da escrita, sem esquecer a pujança da oralidade de nossas e de nossos ancestrais.[2]

---

2 Duarte, Constância Lima; Nunes, Isabella Rosado (orgs.). *Escrevivência: a escrita de nós — reflexões sobre a obra de Conceição Evaristo*. Rio de Janeiro: Mina Comunicação e Arte, 2020. Ilustrado por Goya Lopes.

NOSSOS PASSOS VÊM DE LONGE...

Dessa forma não abandonamos a história da mulher escravizada ou da doméstica, mas nos apossamos da possibilidade de narrar a partir de outra perspectiva. Lélia Gonzalez afirma que "a doméstica, ela nada mais é do que a mucama permitida, a da prestação de serviços, ou seja, [...] que carrega sua família e a dos outros nas costas".[3] Se existe uma história da vida íntima das famílias e comunidades negras do Brasil, ela está sendo contada por meio da literatura, especialmente pelas vozes das mulheres negras, a partir da escrevivência. Sabemos que, por vezes, tentam aprisionar a literatura negra na denúncia do racismo, desconsiderando as particularidades temáticas e estéticas de autores e autoras. Nesta coletânea os temas se multiplicam, se entrelaçam e encontram na vida familiar um ponto de partida de onde saem histórias de resistência, amor e despedidas.

Como observei anteriormente, Conceição Evaristo evoca a memória das mulheres que vieram antes. Em "Nossos passos vêm de longe...", ela dá uma resposta a Paulo Guedes, quando o então ministro da Economia afirmou que o dólar baixo permitia que até empregadas domésticas fossem para a Disney, numa "festa danada".

---

3 "Racismo e sexismo na cultura brasileira", in Lima, Marcia; Rios, Flávia (orgs.). *Por um feminismo afro-latino-americano: ensaios, intervenções e diálogos*. Rio de Janeiro: Zahar, 2020.

PREFÁCIO

Para iniciar sua crônica, a autora contextualiza o nascimento de sua mãe no cenário histórico brasileiro:

> Minha mãe nasceu em 23 de outubro de 1922, por isso nunca me esqueço do ano em que se realizou a Semana de Arte Moderna. Ela conta que andava nua até aos sete anos de idade. Roupas eram um bem escasso para pessoas pobres. Não só roupas. Minha mãe nasceu 34 anos após a assinatura da Lei Áurea.

A intromissão do dado de que sua mãe andava nua até os sete anos de idade confronta o ideal da modernidade artística que se desejou construir para o Brasil no início do século XX, e depois nos lembra que nem meio século separa a assinatura da Lei Áurea da Semana de Arte Moderna. A despeito desse projeto de modernidade, as pessoas negras supostamente livres continuavam vivendo — e ainda hoje vivem — à sombra da escravidão.

Ao final da crônica, Conceição Evaristo aconselha: "Uma maneira de 'dar o troco', ensaiemos nós. Realizemos nós. Criando uma descendência que se profissionalize o mais possível em tudo." Esse desejo de realização e profissionalização reverbera em dois textos da coletânea, "Águas de maio" e "Assim se explode um coração".

Com o verso da música de Gonzaguinha, "Não dá mais pra segurar/ Explode coração" na epígrafe, e a citação de "Que país é esse?", da Legião Urbana no primeiro parágrafo, Eliana Alves Cruz situa sua narrativa no tempo histórico, entre os anos setenta e oitenta, quando ainda vivíamos a ditadura militar. É nesse período que acontece a chegada dessa família negra de classe média — pai advogado e mãe professora — em um prédio do bairro da Tijuca. Nesse novo contexto, é adicionada mais munição no arsenal do racismo estrutural às experiências da família. É ali que a menina Eliana conhece uma categoria que acompanha as pessoas negras quando ocupam qualquer lugar que não corresponda aos estereótipos raciais em que nos querem aprisionar: "Finalmente acharam uma categoria para nós: metidos a besta." Ao som da Legião Urbana e com o acompanhamento de outras canções que marcaram nossa história, Eliana Alves Cruz alerta que o racismo é uma ameaça ao coração.

O texto seguinte, "Águas de maio", de Cidinha da Silva, nos apresenta Renata, estudante que sonha em ser oceanógrafa: "*Aventura em mar aberto* era um amuleto que lhe lembrava que o sonho podia ser bússola, e quando se perdesse de si, a retomada do

PREFÁCIO

sonho podia reorientar o caminho." O mar como representação do sonho traz a beleza do que é imenso e, ao mesmo tempo, desconhecido. O próprio sonho, para muitas pessoas negras, tem essa qualidade de mar. No caso de Renata, moradora de uma comunidade em meio à montanha, o pesadelo veio pelas retroescavadeiras que destruíam a mata ao redor e rivalizavam com o sonho. É a força do racismo ambiental e o poder estatal que expulsam a comunidade daquele lugar, interrompendo algo fundamental para o nosso povo: a elaboração da memória.

O conto "Águas de maio" abre um caminho poético e fonético para o protagonista de "São Lázaro": seu Omar. No conto de Ana Paula Lisboa, seu Omar está enfrentando os últimos momentos de sua passagem pela Terra. A certeza da partida que o faz restaurar seu espírito e viver intensamente essas últimas horas nos lembra a sabedoria do pensador quilombola contracolonial Nêgo Bispo: a morte não é o fim, porque nossa vida é um ciclo de início, meio e início. Nessa narrativa o sonho também aparece. Dessa vez não como um recurso para projetar a realidade do futuro, mas como premonição da morte. Omar sonha com São Lázaro, o protetor dos enfermos. Nesse encontro, Omar tem a oportunidade de comer e beber tudo o que quer e que a doença não permite mais. Mesmo no sonho ele lamenta a iminência da morte. Experimentando seus últimos momentos, seu Omar, já com saudades da vida, renova suas forças: "Não disse do sonho, mas passou os quatro dias seguintes gargalhando, ouvindo e cantando samba, tocando o velho bandolim na varanda".

No encerramento da coletânea, conhecemos Querência, protagonista do conto homônimo de Luciana Nabuco. A morte também é tema desse conto que começa em pleno velório. A cena narrada antecipa informações sobre a relação entre mãe e filha: "Ajeitou com ternura amarga as mãos da velha no caixão." Essa combinação de palavras — "ternura amarga" —, somada ao termo "velha" para se referir à mãe, indica caminhos para entender como uma mãe arquiteta a vida e o corpo de uma filha com atos e palavras de opressão. A partir dessa relação tão íntima e complexa de mãe e filha, podemos terminar o livro refletindo sobre relações familiares interseccionalizadas por raça, gênero, classe e tantas outras questões sensíveis. Dentro do microcosmo da família, percebemos quem somos e quem podemos ser.

Para além das relações familiares de consanguinidade, o povo negro criou outras formas de filiação e parentesco. Nosso tempo na diáspora não é linear, é feito de quebras e continuidades e a literatura de mulheres negras tece os fios desse tempo criando filiações novas, recuperando a história para criar uma

PREFÁCIO

outra, que desfaça expectativas criadas pela branquitude. Ver a escrita de mulheres negras se expandir e reverberar confirma que existe um caminho aberto a ser trilhado por todas nós.

Desejamos afrontar a branquitude que nos quer restritas aos quartos de empregada, celebrar as famílias, sonhar como Renata, sambar como Omar, nos libertar como Querência. Lendo estes textos, me convenço de que é a literatura de mulheres negras que atualiza a literatura brasileira. Que esta coletânea nos inspire a reconhecer na ancestralidade nossa capacidade de dizer, fazer e escrever.

Sílvia Barros
Doutora em literatura brasileira,
professora e escritora

CONCEIÇÃO EVARISTO

NOSSOS PASSOS VÊM DE LONGE...

Minha mãe nasceu em 23 de outubro de 1922, por isso nunca me esqueço do ano em que se realizou a Semana de Arte Moderna. Ela conta que andava nua até aos sete anos de idade. Roupas eram um bem escasso para pessoas pobres. Não só roupas. Minha mãe nasceu 34 anos após a assinatura da Lei Áurea. A Semana de Arte Moderna aconteceu também quase três décadas e meia após o gesto da Princesa. Por pouco, se Isabel adivinhasse o futuro, a pena de ouro, passando por uma transformação, poderia ser exposta como uma obra de arte, na Semana. Segundo relatos de Joana Josefina Evaristo Vitorino, que ouço ainda hoje com avidez, ela e outras crianças andavam nuas, peladinhas. A sua primeira roupa foi o seu camisão ou camisolão, dado pela madrinha, vestuário para o batismo católico. De quando em

NOSSOS PASSOS VÊM DE LONGE...

quando, alguns padres missionários passavam pela região e lá permaneciam por uns tempos. Como a ficção nos permite o "se", fico imaginando o cenário se os modernistas tivessem passado por um lugarejo chamado Serra do Cipó em 1929. Um novo texto poderia ter sido criado por eles, tendo como inspiração a nudez por carência de vestes de crianças no interior de Minas.

Os primeiros trabalhos de Joana, ainda menina, foram executados em casa, ajudando a cuidar da roça, tanto para subsistência como para venda dos produtos aos pequenos comerciantes da região. Depois a família, em peregrinação por pequenas roças, chega a Pedro Leopoldo. Ali o seu primeiro emprego em "casa de família". Tomava conta de uma menina, quase da mesma idade dela. Já mocinha, vai para Belo Horizonte. Na capital, três irmãs mais velhas já trabalhavam como domésticas. Logo depois de minha mãe, chegou a vez da minha tia caçula. Cinco mulheres de uma mesma família na profissão de doméstica. E, assim, minha mãe e minhas tias foram se especializando no cuidar do corpo alheio, zelando pelo bem-estar das "donas" brancas e ricas. Cuidavam da alimentação, da casa, da roupa, das vestes íntimas lambuzadas de sangue, de dona Isabel, de dona Beatriz, de dona Aurora, de dona Magnólia, de dona Ieda, de dona Constantina, e de outras donas mandonas pela vida afora. Lavaram e passaram cuidadosamente as cuecas, as calças e as camisas do dr. Frasão, do dr. Elpídio, do dr. Jedeão, do dr. Rancorino, do dr. Mísero Leal e de outros. Muitos, que de doutores não tinham nada, mas que ostentavam o título. Minha mãe experimentou várias funções como doméstica: cozinheira, arrumadeira, babá, lavadeira...

Foi também condutora de crianças: seus filhos e os dos vizinhos. Cerca de trinta a quarenta crianças de mãos dadas, aos pares, ela nos conduzia para o jardim de infância e para o grupo escolar... Época houve em que catou lavagem para porcos, catou papel, catou lixo, como Carolina Maria de Jesus. Vendeu verduras, montou um brechó, fez e vendeu sacolé em casa... Buscou, inventou e encontrou variadas formas de sobrevivências. O currículo dela é bom e eu me orgulho disso. De minha mãe colhi a minha aprendizagem, para espalhar os meus pés pelo mundo afora. Ela nunca foi à Disney.

Minhas tias e primas, contemporâneas dela, todas ganharam a vida como domésticas. Todas tinham a arte da cozinha nas mãos. Minhas irmãs e eu fomos domésticas. Em meu primeiro emprego em "casa de família", eu tinha oito anos. E como me orgulhava disso! Saía da escola, o Grupo Escolar Barão do Rio Branco, atravessava a rua Tomé de Souza, corria lá nos fundos da casa, no quartinho da empregada, e vestia meu aventalzinho, na cabeça ostentava um gorrinho. Tudo branco. Feito isso, vinha para a frente da casa. No portão da casa da patroa ficava a me exibir. Sim, eu tinha orgulho, queria me mostrar para quem passasse, professoras e colegas. Eu trabalhava.

Experimentei várias vezes essa ocupação. Fui babá das crianças de uma família para a qual minha tia Lilia já trabalhava. Fiz limpeza em casa de professoras, várias. A mesma tia Lilia, a Maria, modo como era chamada pela patroa, pelo patrão e pelas crianças da casa, foi lavadeira, durante anos, da professora bibliotecária da escola. Dessa relação também vêm os meus passos, a minha formação no caminho da leitura e da escrita.

A minha passagem pelas "casas de família" não foi contínua como a de minhas três irmãs. Entremeada a essa função, dei aulas particulares, busquei água para encher tambores de moradores meus vizinhos na favela, fiz limpezas em casas, vendi verduras, catei papel com minha mãe, vendi livros... Época houve em que troquei trabalho doméstico para permanecer em uma espécie de pensionato, de algumas ex-religiosas, minhas amigas. Isso no ano anterior a minha ida para o Rio de Janeiro.

Fiz o curso normal, trabalhando em "casa de família". Um casal jovem, ela estudante de pedagogia, ele dentista. Pela manhã eu cuidava da casa, um pequeno apartamento. Arrumava, lavava, passava e cozinhava. À tarde ia fazer o estágio e voltava para continuar os trabalhos domésticos. Arrumava a cozinha e o que mais fosse preciso. À noite ia para o curso normal noturno do Instituto de Educação.

Dos relatos de minha mãe e de minha tia sobre a condição vivida por elas como empregadas domésticas, guardei muitos. Conto dois: minha mãe trabalhou em uma casa em que a patroa cortava o pão para a empregada e depois retirava a casca, fazendo um desenho, no lugar exato do corte. Como o pendor da doméstica era o de fazer o pão e não o de elaborar um descascado mapa do pão-durismo da patroa, ela se contentava com o mísero naco que lhe era oferecido. De minha mãe ouvi relatos de como as domésticas muitas vezes acordavam, altas horas da noite, com os filhos dos patrões ou mesmo com eles batendo na porta de seus quartos, ou até lá dentro, sem cerimônia alguma.

Do fundo das cozinhas alheias, brinco ser aí também um local em que foi traçado o meu destino para que eu trilhasse os caminhos da literatura. Minha mãe trabalhou em casa de escritoras e escritores mineiros. Desde pequena, no útero ainda, senti a presença de muitos livros. Pode ser até que algumas estantes tenham desabado sobre minha mãe e sobre mim. Ou que ela, no afã de limpar as prateleiras, tenha batido a barriga em algum móvel da biblioteca das mulheres e dos homens das letras, para quem ela trabalhou como doméstica. Livros não faltam em casa de pessoas da escrita e da leitura. Ah, repito: minha mãe nunca foi à Disney. E minhas irmãs como domésticas também não.

Quanto às mulheres de minha família, as que me antecederam ou as que foram minhas contemporâneas, posso dizer que quase todas são ou foram domésticas. Poucas não exerceram essa profissão. Algumas de minhas sobrinhas e suas filhas, mulheres jovens, enquanto estudam ou buscam outros trabalhos, experimentam também esse ofício. Vejo, porém, que essas novas gerações, oriundas daquelas de pés descalços, hoje estão comprando os próprios sapatos, para o desespero dos senhores e das madames. As donas Alices Pirapetingas, Emengardas Dias, Cecis Ouros Finos, Helenas Córregos das Matas e seus respectivos esposos temem encontrar com essas "serviçais" em pleno voo. Mas construímos as nossas viagens e seguimos, apesar do mau tempo.

Das minhas lembranças em "casa de família", narro uma: tinha eu meus 14 ou 15 anos quando fui trabalhar na casa de uma senhora, na qual minha mãe tinha trabalhado havia alguns anos antes. Ela era professora aposentada, viúva, e tinha três filhos. Um filho estudava medicina em São Paulo, outro era casado, jornalista esportivo e radialista. E uma filha era casada com um engenheiro. O meu serviço na casa era o de arrumação, inclusive cuidar de um extenso jardim. Ela mesma cozinhava. Durante a semana, éramos só nós duas. A dona fazia o meu prato depois que ela comia e nunca perguntava se o que ela me oferecia bastava. Aos domingos, a filha e o filho com as crianças iam almoçar com ela. Creio que todo mundo adorava frango ao molho pardo, eu também.

Invariavelmente esse era o cardápio domingueiro. A comida ia toda para a mesa, enquanto eu ardia de fome na cozinha. E, quando as travessas voltavam (atendendo ao chamado, eu ia até a mesa buscar o final do repasto) para mim, ficava sempre a moela da galinha boiando em uma poça rasa de molho pardo, no fundo da tigela. Em dias de maior sensibilidade, eu era acometida por todas as dores do mundo. E entre lágrimas comia o que me era permitido.

Sou horrível para guardar datas, mas deve ter uns dez anos, levei minha especial menina, minha filha, à Disneylândia. Gosto de viajar com Ainá, sempre em grupo, pois é o momento em que ela experimenta a sensação de autonomia. Ela segue o comando de quem está guiando o grupo e não o meu. Aproveitando o aconchego da empresa Lucia Excursões, lá fomos nós. Gostamos. Entretanto, retornei com uma curiosidade. Vi turistas do mundo inteiro. E como vi brasileiros na Disneylândia! E, como eu não estava com maldade alguma, não contabilizei se havia domésticas e quantas. Das domésticas que conheço, nenhuma até hoje foi à Disney. Entretanto, o que mais me chamou a atenção foi a ausência de pessoas negras estadunidenses na Disneylândia. Onde estavam as famílias afro-americanas? Sei que a relação do criador da Disney com a comunidade afro-americana nunca foi amistosa. Não contratar negros como trabalhadores parece ter sido o desejo de Walt Disney, apesar da pressão exercida pelos ativistas dos Direitos Civis, em 1963, sobre a empresa. Há ainda a crítica a obras antigas do criador da Disney que trazem conteúdos racistas. A pouca presença turística da comunidade afro-americana na Disneylândia seria um modo de dar o troco?

Uma maneira de "dar o troco", ensaiemos nós. Realizemos nós. Criando uma descendência que se profissionalize o mais possível em tudo. Do trabalho de cuidar de uma casa, sabemos muito bem. Do trabalho da medicina, sabemos muito bem. Do trabalho de dar aula, de ensinar desde os anos iniciais de uma criança na creche até as pesquisas, em tempos adultos, sabemos muito bem. Do trabalho na política, no jornalismo, sabemos muito bem. Da religião, da cultura, do lazer, sabemos muito bem. Do prazer das viagens, "da bagunça danada", nem sabemos ainda. A grande maioria só atravessa o limiar da porta para trabalhar e em condições adversas, muitas vezes.

Ah, se reais, se dólares, se euros e outras moedas sobrassem em nossas mãos...

Benedita da Silva, Creuza Maria de Oliveira, Preta Rara, Luiza Batista, se as moedas sobrassem em nossas mãos e nas mãos daquelas, cujo labor exercemos durante um tempo de nossas vidas, talvez pudéssemos afirmar que: as domésticas estariam recebendo o valor justo deste histórico trabalho e com folga elas poderiam ir à Disney. E se quisessem poderiam fazer "uma bagunça danada".

Conceição Evaristo
Entre fortes chuvas e poucos
sóis em Minas Gerais

"Nossos passos vêm de longe... (Sobre as domésticas na Disney)". Disponível em: https://mondolivro.com.br/nossos-passos-vem-de-longe-sobre-as-domesticas-na-disney/.

ELIANA ALVES CRUZ

ASSIM SE EXPLODE UM CORAÇÃO

PRIMEIRO

... Não dá mais pra segurar/ Explode coração.
"Não dá mais pra segurar (Explode coração)", de Gonzaguinha, 9.º lugar na lista de mais tocadas de 1979

Abri a porta com tanta urgência que tropecei no tapete de entrada e caí. Ela entrou no apartamento passando por cima de mim e quase caindo também, as duas mãos pressionando o peito. Guitarras potentes no prédio em frente ao nosso iniciavam uma das músicas mais tocadas de 1986. Um som alto vinha daquele prédio novo, com um varandão enorme. "Nas favelas, no senado, sujeira pra todo lado..." Renato Russo e sua voz grave, urgente, indignada, cortante, acusadora entornavam "Que país é esse?"

nos ouvidos da vizinhança. Os passos dela eram trôpegos, mas tentavam correr para o pequeno lavabo que ficava ao lado do escaninho do telefone. O pânico começava a me dominar, pois quando o vagão do metrô se aproximou da estação Saens Peña, minha mãe se queixou de falta de ar, levantando a cabeça em busca de oxigênio. Um dos meus amores maiores estava enfartando e eu não sabia.

Perguntei se queria parar em algum lugar, ir ao hospital... mas ela estava agoniada para chegar em casa. Queria ver meu irmão mais novo, que tinha ido à escola, mesmo gripado. Subimos a escadaria, ganhamos a rua e, na praça em frente ao quartel, ela decidiu se sentar. O muro branco estava à nossa frente como uma sentinela em sua rígida posição de alerta, olhando para o nada. Ela respirou fundo outra vez e, depois de minutos recuperando as forças, retomou a caminhada. Andamos de modo automático aquele pedaço da rua Barão de Mesquita, um endereço ainda temido e evitado por muitos, mesmo naquela segunda metade dos anos 1980. O elevador foi subindo e ela recostou na parede do fundo, com os olhos fechados. Agora entrava correndo até o pequeno banheiro.

Os decibéis de "Que país é esse?" aumentavam e eu, irritada por não ouvir direito o que estava acontecendo no banheiro, já discava os números dos familiares que me vinham à cabeça quando ela empurrou a porta do lavabo abruptamente, logo depois da repetição do último refrão, gritou meu nome e caiu fulminada no carpete do corredor, com os olhos vidrados e vazios, focando um ponto qualquer no ar. A boca espumando em um semissorriso bobo para alguém no alto, invisível.

Tudo o que ocorreu depois me vem em câmera lenta, como se estivéssemos embaixo d'água, com filtros azulados de mar ou sépia de água barrenta de rio. O fone do telefone caindo retorcido ao seu lado, eu correndo pelo edifício gritando pelos vizinhos, que logo encheram a sala de casa. O casal do primeiro andar — nossos amigos de missas na igreja católica da rua — chamou uma ambulância. Eu gritava na janela ampla e fui olhada com surpresa e gargalhadas pelos jovens brancos do varandão em frente, que escutavam Legião Urbana fumando um baseado.

À esquerda da minha janela e à direita da varanda deles, o quartel era uma sombra no início da rua. Podíamos ver um pedaço da sua sólida edificação caiada de branco com detalhes em verde. Sentia o batalhão como um espectro nos espiando sem trégua. O casarão que fazia encruza com a minha rua não era, para mim, puro concreto, mas um corpo vivo com olhos, ouvidos, braço forte e... mão amiga?

Os homens da ambulância chegaram. Quem a levou para a cama? Eu não vi, mas ela já estava lá quando eles entraram correndo pelo apartamento e realizaram procedimentos para reanimá-la. Já não era possível fazer com que voltasse do mergulho desconhecido e misterioso que envolve nossa existência. Senti mãos me puxando, me afastando da esquadria de alumínio da janela, mas eu queria gritar, berrar para os varandões do prédio novo e caro em frente, para a sombra do quartel à esquerda e para a direita, onde em algum lugar no fim da rua, na mesma calçada, estava a igreja que frequentávamos.

Eu me agarrava ao jaleco branco de um dos paramédicos. Apenas vi os olhos experientes que se encheram de lágrimas ao toparem com os meus... cegos de dor. Pensei que esses homens, que lidam repetidas vezes com cenas como aquela, todos terminassem imunes aos efeitos da espada que transpassa a alma dos que perdem alguém muito amado. A repetição sistemática da dor alheia passada diante de nós todos os dias produz certa anestesia. Não fosse assim, as pessoas não transitariam tranquilas por aquela calçada da rua transversal, ladeando as grades de ferro verde-oliva. Eu não transitava sem apreensão, meus pais também não...

Corri para o quarto. Ainda tive tempo de ver meu vizinho do primeiro andar fechando os olhos dela, que estava deitada de costas com seu macacão branco preferido. Caí de joelhos e fui levantada, amparada por eles, sem sentir as pernas ou qualquer outra parte do corpo que não fosse a cabeça girando freneticamente com imagens desfilando distorcidas e lentas diante de mim.

Meus irmãos eram mais novos e logo voltariam da escola. Meu irmão mal tinha saído da primeira infância. Se nada daquilo tivesse acontecido, eu deveria estar no caminho para buscá-lo, como fazia todos os dias. Minha irmã irromperia na porta da frente a qualquer momento, como realmente aconteceu pouco depois, atordoada pela pequena multidão dentro de casa, com seu uniforme do Colégio Marista São José, juntando-se a mim no desespero. Meu pai, meu pai, meu pai... Onde estaria meu pai?

E foi assim que vi o coração da minha mãe explodir e espalhar para sempre seus fragmentos nos átomos do apartamento, da rua, do bairro, da cidade, do país questionado pelo grito de Renato Russo. As cinzas desse miocárdio estão nas células e veias de cada microssegundo de nossa vida.

DEZ ANOS ANTES, EM 1976

Não me lembro, por mais que me esforce, do dia daquela mudança. Tenho flashes de situações, sons e cheiros do apartamento na rua Félix da Cunha, na

Tijuca. Ouço um rádio tocando os sucessos de 1976. "O que será?", de Chico Buarque, estava em 4.º, dizia o locutor enquanto Chico ia fazendo perguntas e dando respostas.

"... O que não tem remédio, nem nunca terá..."

O que para mim não tinha remédio era nos instalarmos naquele bairro carioca, vindos de Madureira, na Zona Norte, e Realengo, na Zona Oeste. O apartamento, dele me lembro bem, tinha uma sala razoável, dois quartos, sendo um com suíte e dependência de empregada. Eu — uma menina bem alta para os meus nove anos — achei tudo muito diferente, mas estava animadíssima com toda a mudança de vida. Eu e minha irmã, que contava cinco anos. Meu pai tinha acabado de ser aprovado como advogado em um difícil e desejado concurso público.

— Ei, neguinha! Quer brincar?

O prédio não tinha playground. Era na garagem que a garotada do edifício se divertia. Eu era muito boa de bola, pique-bandeira, queimado... e, por conta da minha altura, a turma dos garotos me disputava. Neguinha demorou algumas décadas para se tornar um apelido "carinhoso". Naquela época, era menosprezo mesmo, pejorativo até a tampa. Anos mais tarde pensei que um dos critérios para uma pessoa ser definida como negra poderia ser ter ouvido esse "Ei, neguinha!" naquele tom de voz que parecia preceder uma cusparada no chão.

— Na casa de quem sua mãe trabalha?

— Na casa de ninguém. A gente mora aqui. Acabamos de nos mudar.

— Fala logo! Em qual casa ela lava roupa? Tu mora no Salgueiro?

— Minha mãe é professora...

A turma do prédio se entreolhou incrédula e caiu na gargalhada. Não entendi. A curiosidade sobre nós cresceu quando descobriram que ela era mesmo professora, que éramos os novos moradores do segundo andar e que meu pai saía para trabalhar toda manhã, de terno impecavelmente vincado e elegantemente carregando sua pasta de couro. O rádio da vizinha repetia as mesmas músicas randomicamente, e Chico Buarque estava em alta. O refrão da quinta canção da lista de maiores sucessos era acompanhado com empolgação "... mas o que eu quero lhe dizeeer é que a coisa aqui tá pretaaaa..."A vizinha estendia as vogais, acompanhando com todo entusiasmo a voz de Chico dando por carta notícias ao amigo.

— Na casa de quem sua mãe trabalha?

— Ai, que garoto mais chato, já não te disse que...

Não era o menino do apartamento do lado que perguntava. Era uma das duas meninas que vinham descendo do morro do Salgueiro e me viram ali, uniformizada, na frente daquele edifício e esperando minha mãe, que voltara para falar alguma coisa com o porteiro. Nesse dia percebi que éramos estranhos para o pessoal do prédio e mais esquisitos ainda para a turma da favela, que tinha uma de suas subidas no final daquela rua. Nós éramos as peças que não se encaixavam em quebra-cabeça algum. Emprego novo, salário novo, bairro novo, apartamento novo, escola nova... No entanto, tudo aquilo tinha um cheiro rançoso, velho. Eu é que não sabia identificar naquele momento de onde vinha e nem tinha idade para isso, mas meu pai fez questão de localizar direitinho para nós de onde vinha o mau cheiro sem romantizar ou atenuar, pouco tempo depois.

Meu pai e minha mãe eram jovens, estavam na casa dos trinta e poucos anos, e nós, suas filhas, éramos, como diziam, "fofinhas, lindinhas, educadinhas". Uma "família de anúncio de margarina" que jamais vimos, até a vida adulta, na televisão brasileira. Se a televisão da época topasse exibir famílias negras nos anúncios, nós certamente estaríamos lá. No restaurante, no cinema, nas lojas, no parque, na rua. Não tinha um lugar pelo qual nossa família passasse naquele bairro que as cabeças não se virassem curiosas, curiosas, curiosas.

— Ei, neguinha! Quer brincar?

— Eliana.
— O quê?
— Meu nome. É Eliana.

Falei isso sorrindo, quicando a bola e arremessando-a na direção de um aro improvisado em um canto na garagem. Só depois encarei aquele menino ligeiramente mais alto que eu, branco, de cabelos pretos cortados num estilo militar.

— Neguinha metida a besta!

Finalmente acharam uma categoria para nós: metidos a besta.

TIJUCA - CENTRO - REALENGO

... Mas é preciso viver/
E viver não é brincadeira não...
"Pecado capital", de Paulinho da Viola,
17.º lugar na lista de mais tocadas de 1976

Meu pai trabalhava o dia inteiro no banco e ainda levava trabalho para casa. Minha mãe dava aula em duas escolas e ainda estudava à noite para se formar em serviço social na Universidade Federal do Rio de Janeiro. Os dois eram jovens, mas a rotina era puxada. Eu, como diziam, só tinha tamanho, e minha irmã nem isso, mal tinha saído das fraldas. Ficávamos muito com meus avós, em Realengo, mas era longe da nossa nova morada e era preciso dar um jeito de facilitar a rotina. Foi aí que, para desespero do garoto da garagem e do resto do prédio, um belo dia apareceu uma nova moradora na nossa casa: Rose, a empregada doméstica... branca.

Como disse, não me lembro do rosto e do nome de ninguém daquele edifício e daquele período, mas da Rose eu me lembro perfeitamente. Era uma moça de uns 19 ou vinte anos, gorducha e bonita, de cabelo bem curtinho. Ela era de Campos dos Goytacazes e sei lá por qual motivo estava no Rio de Janeiro. Não sei como ela foi parar lá em casa, mas ficou conosco um bom tempo, e eu gostava dela. Na verdade, por muito tempo a Rose era a minha única amiga naquele novo bairro que começava a me assustar. Eu achava engraçada a forma como ela ouvia no rádio uns artistas que a turma jovem da época já tachava de brega, alternando a cantoria com beijos que tascava na boca dos caras nos cartazes espalhados pelo quarto dela.

— Rose! Vou descer pra brincar.
— Está bem, mas não demora que daqui a pouco sua mãe volta.

Tirei com pressa o uniforme da escola e lá fui eu para a terra sem lei da garagem.

— Par.
— Ímpar.
— Eu escolho primeiro!

E os times iam se formando com os capitães escolhendo os melhores jogadores. Um giz dividiu uma área ao meio, um pé de chinelo posto no fundo de cada metade: as "bandeiras". Ganhava quem atravessasse o campo adversário, pegasse a bandeira e corresse de volta para o seu campo sem ser pego por ninguém do time adversário. Eu sempre corri muito e nessa época meu sonho ainda era ir para os Jogos Olímpicos para correr os cem metros rasos. Não havia bandeira impossível para mim. Minhas pernas compridas e ágeis passaram por um, dois, três, quatro, driblaram cinco. Vitória! A molecada do meu time ainda gritava eufórica quando ele se aproximou ameaçador.

— Neguinha metida a besta!

Seus amigos me cercaram.

— Ô Eliana. Sobe pra tomar banho que tua mãe tá pra chegar, garota! — Era Rose no hall do elevador, segurando minha irmã pela mão e gritando para a entrada da garagem.

Subi, me arrumei e parti com ela para mais uma "viagem" rumo a Realengo. E era viagem mesmo, porque não tinha transporte direto. Íamos até o Centro e de lá pegávamos outro ônibus. Em algum ponto das quase três horas para chegar à Zona Oeste, meu pai sempre exagerava e soltava o "se estivéssemos na Europa, teríamos atravessado alguns países!". Minha mãe revirava os olhos, rindo. Ela devia pensar: "Como se algum dia ele tivesse ido à Europa!" A jornada até Realengo terminava lá pelas 19h, quando chegávamos ao portão da casa toda caprichosamente pintada de rosa. A hora boa e a tempo de ver a novela do momento.

> *... Cada cara representa uma mentira/*
> *Nascimento, vida e morte, quem diria/*
> *Até sonhar de madrugada, uma moça sem mancada/*
> *Uma mulher não deve vacilar...*
>
> "Juventude transviada", de Luiz Melodia, 1.º lugar na lista de mais tocadas de 1976

Francisco Cuoco era o motorista de táxi Carlão e Beth Faria era a amada dele, Lucinha, na novela *Pecado capital*, da Janete Clair. Minha avó, minhas tias, a criançada da casa e da rua, todo mundo parava para ver. Sempre que a Lucinha aparecia, lá vinha a música do Luiz Melodia, e meu avô, engraçado como sempre foi, se recusando a ver o folhetim, sentado à mesa de jantar, piscava o olho e mandava: "Se fosse vida real, era todo mundo preto aí. Acredita que essa mulher lava roupa todo dia, Lulu?!" Meu pai, o "Lulu", ria silencioso e concordava com um aceno de cabeça resignado.

Não dava mesmo para acreditar que a Beth Faria fosse quem ela era na novela, mas todo mundo acreditava porque dava menos trabalho. O que não dava para ninguém acreditar era que a Rose fosse nossa empregada na Tijuca... nem ela própria. E foi assim que um belo dia minha mãe cismou que ela estava querendo o lugar dela na casa e na cama do meu pai. E quando minha mãe cismava com qualquer coisa, ela ventava. É como diz o ditado africano: "O búfalo não avisa. Ele ataca."

O vento veio sem que meu pai nem soubesse do drama que estava acontecendo entre patroa e empregada. Ele virava noites estudando, escrevendo... Cansei de acordar para ir à escola e ver que ele ainda não tinha ido dormir. Descansava um pouco pela manhã, de umas seis horas até as nove, e saía para trabalhar sem hora para voltar. Uma bela noite, quando ele chegou, a Rose já estava varrida pelo "tsunami-mamãe" para outro planeta ou de volta para Campos, sabe-se lá... Nunca contei para minha mãe, mas a intuição dela estava certa. Ela farejou longe toda a encrenca. Algumas vezes vi Rose calçando seus sapatos e tentando experimentar suas roupas. Minha mãe era assim, ela não ficava esperando o problema acontecer e nem anunciando nada, resolvia com dois golpes e um porrete.

Não teve nada que a fizesse mudar de ideia. Implorei para chamar a Rose de volta porque ela era, fora da minha família, a única pessoa que eu achava que me tratava bem. Obviamente que só muito mais tarde entendi tudo o que estava em jogo ali e foi mais ou menos nessa época que um dia vi minha mãe com um semblante muito preocupado e ouvi a seguinte conversa:

— Toda criança é uma bênção...

— Quem sabe dessa vez o menino venha...?

O menino era o meu irmão, e os medos dela com a gravidez se justificavam. O arrocho salarial estava achatando a classe média, e o crescimento do país caiu de 14% para 5%, os números da economia não ajudavam e eles já tinham duas filhas pequenas, mas dinheiro não era nem de longe o principal problema. Minha mãe caiu num choro profundo, foi abraçada pelo marido e vou contar o motivo.

NOSSAS DORES DOEM MENOS. PARA QUE ANESTESIA?

Meu pai morava em Campo Grande e minha mãe em Realengo quando se casaram, nos anos 1960. Naquela área e naquela época só havia um hospital para atender toda a região: o Padre Olivério Kraemer.

— Ô garota! Desce daí! Depois quebra uma perna e vou ter que te levar pro Olivério Kraemer!

O perigo de ir parar naquele hospital estadual era uma ameaça constante na minha infância. Eu devia ter lá meus dois anos quando minha mãe engravidou de novo, levou um tombo, passou mal e foi parar onde? Lá mesmo, no hospital que via mulheres parirem quase sem assistência, idosos que viveriam mais se estivessem em casa e gente com males simples, mas que podia sair de lá sem alguma parte do corpo ou com diagnóstico de paciente terminal. Foi neste repositório de gente que chamavam de hospital que ela teve seu feto retirado por "complicações". No corredor, do lado de fora, meu pai ouvia seus gritos, pois ela recebeu muito pouca anestesia... Muito pouca aqui é um eufemismo, afinal, nossas dores parecem sempre doer menos. Para que anestesia? O feto era um menino.

Essa história de saúde é sempre um caso no nosso caso. Lembro-me de ser receitada com Gardenal no mesmo hospital e de usar óculos com três anos de idade, pois um médico me diagnosticou com um problema grave de visão. Queria marcar uma operação. Aí minha mãe e o vento que soprava sempre que ela sentia uma ameaça real, fosse a si mesma ou aos seus, me levaram a outros médicos, e meus pais gastaram o que não tinham. Um dos médicos disse: "Essa menina vai enxergar formiga atrás dos montes até a velhice." E cá estou eu, no caminho para a velhice apontada pelo oftalmologista, enxergando nada de perto, mas de longe... Olhe lá! Pode conferir. É uma saúva.

Voltando à gravidez, desta vez tudo seria diferente, assim pensavam meus pais. Estavam mais experientes, tinham mais condições... mas minha mãe já estava com quase quarenta anos, fato que, para o final dos anos 1970, significava uma gravidez de risco para alguém que já passou por duas gestações e um aborto. Foram nove meses tensos, mas, apesar dos receios, tranquilos. Um dia de setembro queriam dar uma festa e consultaram a médica, dra. Leila, que por acaso era nossa vizinha.

— Podemos dar a festa, doutora?
— Sim, ainda demora.

O resultado foi que depois de comer uma bacalhoada daquelas, estava minha mãe e a família toda dando as boas-vindas ao meu irmão, na maternidade do hospital Beneficência Portuguesa. Tantos erros com a nossa saúde, eu pensava, só podia ser muita falta de sorte.

— A sorte, no Brasil, tem cor — disse meu pai.

MINAS TERRESTRES

A dra. Leila, além de ter errado feio a previsão da chegada do bebê, alguma coisa não fez ou, mesmo em hospital particular, fez daquele jeito "cuidadoso" dos médicos do Olivério Kraemer, pois minha mãe pegou uma infecção hospitalar tremenda. Quando os pontos estavam quase se fechando, abriam todos outra vez. Ela sentia dores lancinantes, tinha febres, tomava antibióticos pesados... E nessa ocasião minha família decidiu apostar mais no nosso taco do que no dos hospitais e clínicas que pareciam atentar contra nossa vida cada vez que realmente precisávamos deles. Entre idas e vindas ao hospital, foi minha madrinha e seus cuidados quem curou minha mãe. E, cá entre nós, também umas rezadeiras lá de Realengo.

— Vocês estão aqui, nós estamos aqui, mas este lugar não nos pertence. Somos estrangeiros. Não nos querem aqui. Quero que se lembrem disso todos os dias!

Eu disse a vocês que meu pai um dia nos falou secamente de onde vinha a sensação de inadequação, o cheiro de coisa velha na sociedade que nos cercava. Esse dia havia chegado, pois em algum momento famílias negras — aquelas que possuem alguma noção do que de fato acontece no Brasil e se importam com a vida de seus filhos — precisam ter "a conversa". Para mim ela aconteceu assim que nos mudamos para o bairro da Tijuca, no Rio de Janeiro.

A cidade estava apenas ensaiando virar o território retalhado por lutas dilacerantes entre policiais e traficantes. Viver ali não era necessariamente uma questão que preocupasse tanto. O lugar de onde viemos, aos pés do morro da Serrinha, em Madureira, ao contrário, já estava bastante complicado, porque tudo complica bem antes para quem está mais embaixo. Ser pobre é estar na vanguarda do problema.

O Brasil ainda vivia sob o jugo militar, e fomos viver em um lugar que, hoje sei, era um paiol. Depois do apartamento alugado, meus pais alcançaram a tão sonhada casa própria e o endereço do imóvel era vizinho do quartel Zenóbio da Costa, o famoso quartel do DOI-CODI, na rua Barão de Mesquita. Todos os dias, o toque da alvorada era nosso despertador, não nos deixando esquecer que vivíamos quase dentro do batalhão e por isso era bom ter cuidado, muito cuidado.

Minha família teve os cuidados, mas foi silenciada por tantas violências cotidianas, apagamentos repetitivos, gestos rotineiramente engolidos e tão ardilosamente soterrados que, qual mina terrestre, um toque descuidado fez tudo ir pelos ares. Não pertencer a lugar algum nos faz caminhar a esmo e, sem o mapa do território estranho e minado, é quase impossível não acender a pólvora interna. É isso, é assim que se explode um coração.

Se o lugar em que estamos não nos pertence, qual o lugar que temos para chamar de nosso? Se não somos desejados, por que permanecemos? Se permanecermos, como nos defenderemos? E se nos defendemos eternamente, como não enlouquecemos? As perguntas latejavam em minha mente sem dar trégua. Quem disse que coisas subjetivas não matam?

Eu poderia seguir contando esta história e certamente continuarei em algum momento, mas por enquanto é suficiente dizer que, depois dessa bomba que levou nossa mãe, corremos para buscar o mapa do território e o encontramos bem à mão, nas prateleiras que contam a história oficial do nosso país. Estamos até hoje na tarefa de desarmar estes explosivos. Achamos alguns meios, mas a principal ferramenta encontramos também bem perto: nossa ancestralidade.

As minas das opressões não deixam de explodir porque sabemos onde elas estão, mas, aprendi, depois do dia em que minha mãe partiu ao som de Legião Urbana, que temos como evitar que os estilhaços dilacerem o miocárdio que bate no nosso peito.

Eliana Alves Cruz

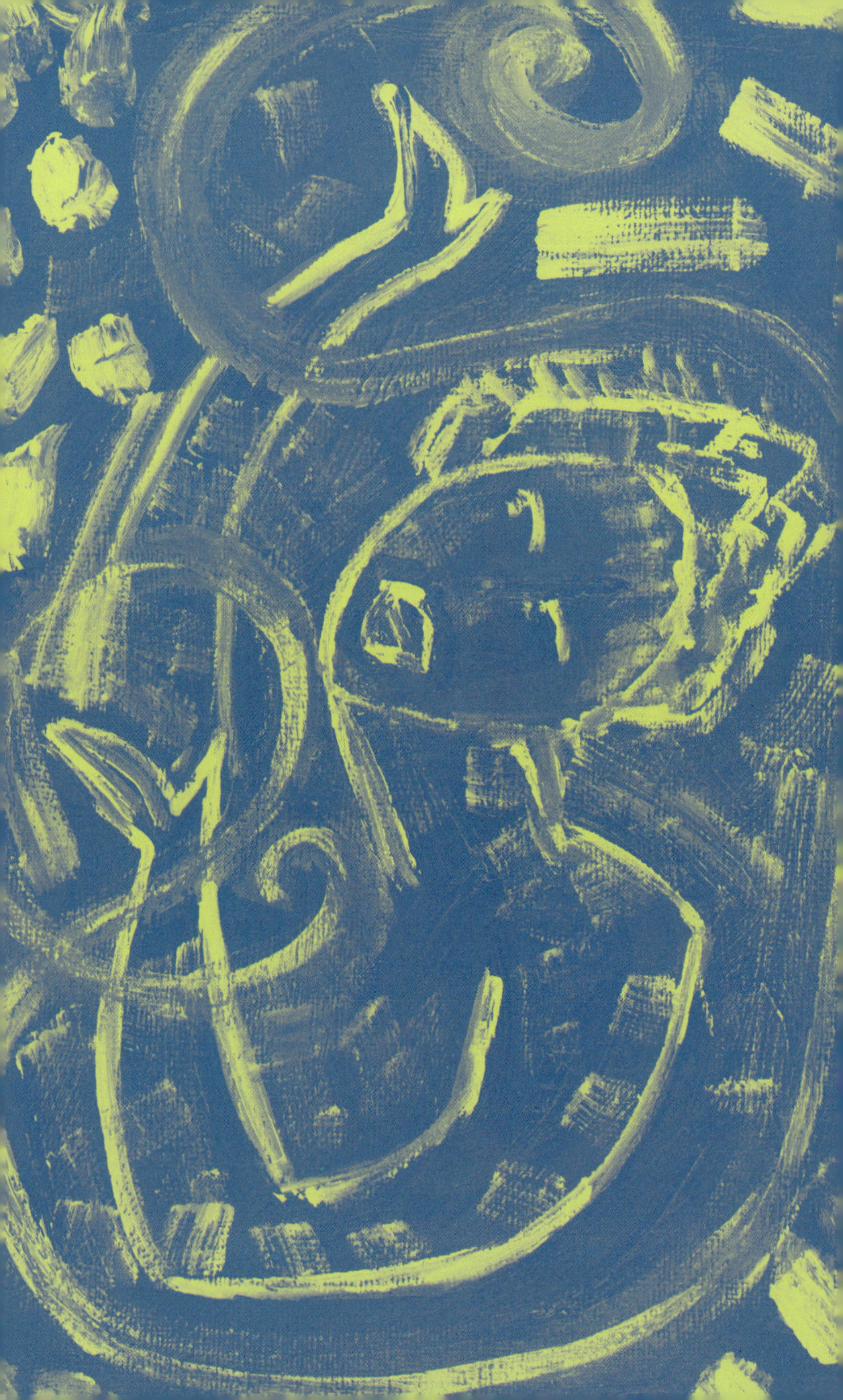

CIDINHA DA SILVA

ÁGUAS DE MAIO

Vivia assim, dividida entre a montanha e o mar, desde a infância. No meio da montanha tinha casa, casa de todo dia. O mar abrigava o sonho, o refúgio, a fantasia, até descobriu uma ciência em que cabia seu desejo do mundo, a oceanografia.

A casa de todo dia era assombrada pelo pesadelo do trator e da retroescavadeira que a perseguiam e acordavam no susto. O trator passava por cima de tudo, derrubava as casas e as árvores de frutas, as gangorras nos galhos da mangueira, o zanga-balanga na frente da casa da tia, destruía as hortas, as casas da criação. Matava o pequizeiro, árvore do Cerrado, entre tantas plantas do Cerrado que existiam por ali.

O pé do rei do Cerrado, propriedade coletiva, ficava na rua Trifana, entrada da comunidade, e alimentava o povo todo da Vila Real Pombal do Curral Del'Rey. Comiam pequi cozido na água com uma pitada de sal, com arroz, frango, os pratos de jaca com pequi, que a mãe aprendeu a fazer na casa da patroa vegana.

Na Vila, as crianças pequenas aprendiam a comer pequi segurando com a mão e raspando com os dentes inferiores. O que se come da fruta é uma polpa fininha que você deve morder com cuidado, senão atinge uma camada de espinhos minúsculos que grudam na língua e nos lábios.

A retroescavadeira não tinha função prática no pesadelo, ficava parada, inativa, aguardando não se sabia o quê.

Renata não contava o sonho recorrente a ninguém e, sempre que a lembrança a incomodava durante o dia, ela se refugiava no mar, aquele conselheiro misterioso e encantador. Falava do mar como se o conhecesse, como se tivesse estado lá por diversas vezes, como se ele a aguardasse para o reencontro com uma amiga querida. Chegou a iniciar um livro escrito à mão, *Aventura em mar aberto* era o título, inspirado nas séries de aventura lidas na escola, casos de detetives que procuravam borboletas, de meninos urbanos em férias numa fazenda, envolvidos com vacas leiteiras, vacas bravas, histórias de canoas à deriva no rio, de meninos que se perdiam na mata. Pensava que a sua seria uma aventura de verdade, no mar aberto, valendo-se dos próprios recursos técnicos para dominar o mar, além da coragem que ela julgava ser maior que a de todas as outras crianças.

Para construir a ambiência marítima da aventura, pesquisava sobre embarcações, pesca em alto-mar, baleias, golfinhos, cavalos-marinhos, arraias, pescadores, náufragos, tubarões, ventos, queria escrever um livro convincente, com fundamentação científica, não as aventuras que os colegas amavam e ela considerava tolas. Os estudos varavam a noite, acendia a pequena luminária no chão, entre a cama e a parede para não incomodar as irmãs que dormiam no mesmo quarto. Eram livros da biblioteca pública estadual, para a qual ela caminhava durante uma hora feliz, sentava por três horas para ler as revistas científicas, bebia água no bebedouro quando a sede batia, escolhia algum livro na sessão de empréstimos e antes de entardecer caminhava por mais uma hora de volta à Vila.

O livro da aventura marítima nunca foi escrito, mas o caderno com as anotações e croquis de animais da água salgada e barcos a acompanhou para sempre, inclusive nos dias de prova de vestibular para o curso de Oceanografia que não ocorreu numa cidade de água, mas numa outra de concreto.

ÁGUAS DE MAIO

Aventura em mar aberto era um amuleto que lhe lembrava que o sonho podia ser bússola, e quando se perdesse de si, a retomada do sonho podia reorientar o caminho.

Em casa, a família tinha muito medo das águas, não das águas do mar, que mar ali por perto não havia, mas das chuvas. Morar dentro de uma montanha tinha esses inconvenientes, muita memória de deslizamentos de terra, do desespero ao ver tudo destruído, de perder vidas, de reconstruir a vida do zero. E ainda agora o agravamento dos perigos pelo descontrole do tempo, pelo aquecimento global. O enfrentamento de chuvas cada vez mais fortes e fora de época.

Um medo de duas faces assombrava o povo da Vila Real Pombal, que o morro viesse abaixo pela chuva ou pelos tratores da prefeitura.

Os pais de Renata, que alternavam períodos de sono e vigília nas noites de chuva e tinham ouvidos treinados para acompanhar a movimentação do barranco, o som das casas vizinhas e suas rachaduras, a voz dos bichos que sempre anuncia quando uma desgraça está para acontecer, naquele momento tinham o sono roubado pelo fantasma da desapropriação. A prefeitura tinha anunciado o fechamento da boca de mina na Serra do Curral, a recuperação da vegetação de Campos de Altitude, Cerrado e Mata Atlântica para construir um parque, uma reserva ambiental para a cidade e, como era de se esperar, expulsariam pessoas e casas que não cabiam num cartão-postal.

Os jovens universitários do morro resolveram montar o Museu Comunitário da Vila Real Pombal do Curral Del'Rey, como forma de preservar a memória do povo. Foi bonito ver aquelas moças e rapazes passando de casa em casa e explicando o que era o Museu, recebendo em troca doações e histórias.

O seu Wilson doou uma igrejinha em madeira policromada, construção própria. Ele dizia que foi a primeira coisa feita por ele quando chegou à Vila. Era a lembrança da igreja da sua infância que tinha duas torres, janelas na fachada, uma porta central e um relógio acima dela. O sino batia a cada hora cheia marcada no relógio da igreja. E a cada dia vivido, as badaladas da memória revigoravam a imagem da infância. Então, a memória se materializou naquela pequena escultura em madeira e depois se tornou uma peça grande, pintada na parede da sala de estar da casa de seu Wilson. Era um jeito dos visitantes entrarem na igreja que sempre morou dentro dele.

Dona Justina ofereceu ao Museu a cama que a patroa havia lhe dado de presente após seis anos como trabalhadora doméstica naquela casa; tinha um metro e meio de comprimento, sessenta centímetros de largura e noites de silêncio dolorido, humilhação, exploração, saudade sufocada, mas também de resistência de uma mulher que sobreviveu e construiu condições para que suas filhas não tivessem que dormir numa cama como aquela.

    Lilica ofertou um cinzeiro de bronze fundido que, tal qual a cama de dona Justina, fora presente da patroa. Os meninos disseram que não registrariam a história da peça, aquele presente torto entraria para o Museu como provocação a quem descarta aquilo que não significa ou não presta para mais nada e dá de presente para quem cuida da sua casa, cozinha, lava roupas, cuida dos filhos, dos cachorros e gatos, lava os banheiros, foge de abusos sexuais do patrão e dos patrõezinhos.

    Andressa, sua colega de escola, doou ao Museu uma lamparina de cerâmica vermelha e dourada que lembrava a lâmpada do conto infantil *Aladim e a lâmpada maravilhosa*. Andressa foi adotada por uma família do morro, mas seus irmãos permaneceram no abrigo. A lâmpada mágica era o único presente que ela guardara do pai biológico e, do alto de seus 12 anos de idade, a menina resolveu doar a peça ao Museu na esperança de que um dia os irmãos pudessem passar por lá, que reconhecessem a peça, perguntassem onde morava a dona da lâmpada e, assim, ela poderia reencontrá-los.

A irmã de João do Burro, já falecido, doou um burrinho de carga esculpido em terracota policromada. João não tinha nada antes de tê-lo, era um menino sem perspectivas que carregava sacolas no mercado, sacolas grandes, quase maiores que ele. Um dia, uma senhora teve pena do menino e o levou para casa. Dava-lhe umas sobras de comida, de cadernos e lápis, roupas usadas e desprezadas pelos filhos, contudo, qualquer coisa tinha valor diante do imenso nada da vida de João. Em outro período da vida, já adulto, depois de muitos anos de serviços prestados, a madame deu ao João como presente um burrinho de pata quebrada, que ele consertou com muito zelo.

A família de Renata doou um velocípede que alegrou a primeira infância de cada uma das três meninas. Não pretendiam ter mais filhas, nem o desejado menino, e resolveram doar o brinquedo que carregava memória de um tempo de fartura e alegria.

A desapropriação era uma questão de tempo, mas eles resistiriam até o final para tentar uma indenização decente, algum pagamento pelo terreno e não apenas por metro quadrado construído, como era hábito da prefeitura fazer.

Os pais pediram segredo às filhas sobre o apartamento comprado no Conjunto Palmital, um condomínio popular distante da cidade. O pai, previdente, tinha guardado o dinheiro da indenização da firma onde trabalhou por 15 anos como ferramenteiro. Usou o dinheiro para dar entrada na compra do apartamento. Mas era mais seguro NÃO comentar, porque alguém poderia interpretar que a família estava tripudiando sobre o infortúnio da maioria que não tinha para onde ir, que teria de contar com aluguel social para ter moradia, com a ajuda de parentes que os recepcionasse ou, como falta de alternativa, engrossariam a população que vivia nas ruas.

Enquanto o pai calculava o horário de saída de casa para o trabalho no bairro novo, provavelmente às 4h30 da manhã, e queimava as pestanas para saber se haveria ônibus naquele horário, a mãe o tranquilizava, lógico que sim, nos bairros-dormitórios os ônibus começam a circular muito cedo, a vida é organizada em torno do trabalho. Ele se lamentava, porque da Vila Real Pombal para a empresa ele gastava 35 minutos. A mãe lastimava também que as meninas tivessem de sair da boa escola onde estudavam para outras que eles não tinham ideia do que seriam; e ainda precisavam se mudar até junho, porque depois disso as escolas não aceitariam transferência e as meninas não podiam ficar sem estudar.

Renata pensava que um lugar chamado Palmital deveria ter plantação de palmitos e que talvez os mercadinhos do bairro vendessem palmito local mais barato do que os supermercados da cidade. E talvez lá os pais pudessem comprar, já que na cidade não dava e também não tinha palmito na cesta básica do serviço do pai. Ela tinha comido palmito uma vez só num restaurante popular da Via Expressa e tinha gostado tanto, mas o pai dizia que não dava para comprar. Era muito caro. Comer palmito no Palmital passou a ser um desejo acalentado pela mudança forçada que dividia espaço com os pesadelos do trator ativo, da retroescavadeira quieta e os sonhos com o mar, seu porto seguro.

Naquela semana, a casa vivia uma movimentação diferente, o pai e a mãe voltavam do trabalho com uns caixotes de madeira e ficavam até tarde da noite separando coisas de cozinha e acomodando nas caixas, embalando em jornal a louça do enxoval de casamento e protegendo com a roupa de cama dobrada. Na segunda-feira cedo, a mãe conversou com as três irmãs e avisou que naquele dia não iriam à aula, que arrumassem suas coisas nos caixotes porque no fim da manhã o pai chegaria com o caminhãozinho da mudança. Ela e as irmãs até ensaiaram perguntar à mãe se não se despediriam dos amigos da Vila e da escola, mas desistiram porque perceberam o quanto ela estava nervosa e triste. Aquela tristeza curtida tão familiar no rosto das mulheres da Vila, que cuidavam sozinhas dos filhos, que perderam filhos, que trabalhavam a semana inteira e aos domingos levavam jumbo para os maridos na penitenciária de Neves, agora viam no rosto da mãe.

Será que lá tem palmito? Ai, a Renata vive no mundo da lua, diz a irmã mais velha. Do que você está falando, menina? Palmito, uai. O nome do bairro onde a gente vai morar é Palmital? Será que lá tem plantação de palmito? Ai, cala a boca, Renata, arruma suas coisas direito. Se você esquecer alguma coisa, eu é que não vou pegar.

Ela se lembrava disso agora, enquanto via pelo computador da base oceanográfica a notícia sobre as escavações na Serra do Curral. Dois dias depois da mudança para o Palmital, caiu uma chuva que partiu a montanha ao meio. Foi barro que não acabava mais, soterrou casas e pessoas, uma tragédia, parecia premonição da lama de Mariana. Sua família se salvou, porque prestou atenção no movimento dos cães. A mãe reparou que os dois cachorros da família e os outros da vizinhança estavam inquietos e raspavam a terra daquele jeito que eles fazem quando a morte se aproxima. Não teve dúvidas, conversou com o marido e decidiram organizar a mudança, a vida acima de tudo. Não teria problema se as filhas perdessem o ano escolar, o fundamental é que elas se mantivessem vivas e seguras.

O Palmital era longe de tudo e quase não tinha serviços por perto, mas o que ela e as irmãs mais sentiram foram as diferenças na escola. Os pais foram chamados para reunião de urgência porque, segundo as professoras, ela e a irmã mais velha deviam ficar mais caladas, pois, como já sabiam tudo o que estava sendo ministrado, atrapalhavam o ritmo da turma, elas precisavam se adaptar. As duas aquiesceram, se tornaram caladas e frustradas, e, cada vez mais, Renata se abraçava ao mar. E ainda por cima não tinha mais acesso às revistas científicas da biblioteca estadual que lhe faziam tanta falta.

Renata até conseguia rir quando se lembrava de que no Palmital não tinha plantação de palmito, nenhum pezinho comunitário de palmito na praça como o pequizeiro da entrada da Vila, tampouco palmito no mercadinho.

Mantinha um olho na notícia sobre a escavação na Serra do Curral e outro no correntógrafo que media as oscilações das correntes marítimas para sua pesquisa. Retroescavadeiras trabalhavam na área delimitada pelos arqueólogos que haviam convencido a prefeitura de Belo Horizonte a disparar na frente de outros pesquisadores ao inaugurar a área de campo Arqueologia de Favela. Ainda mais ali, que os moradores tinham construído um Museu dedicado à preservação da memória material e imaterial da Vila, a partir de doações dos moradores. Renata se lembrava de que no Museu havia fotografias, vestimentas e objetos religiosos, utensílios domésticos, obras de arte, sim, obras de arte. Os objetos e as exposições tinham como pano de fundo a memória das lutas pelo pertencimento ao território e faziam parte da narrativa das pessoas cujas histórias são negadas pela história oficial.

Saudosa, Renata recordava aquela iniciativa dos jovens universitários do morro. Sua mãe que havia perdido um tio por perseguição política na ditadura civil-militar tinha muito medo de envolvimentos com política e não deixava que ela e a irmã mais velha se aproximassem demais da moçada que tocava o Museu, porque o tio havia sido morto por ser comunista, e ela não queria mais nenhum comunista na família para ser torturado e morto.

Além das peças doadas, foram soterradas as exposições permanentes: a *Memória revelada*, coleção de fotos do Du Retratista, que ao longo de cinco décadas documentou festas de aniversário, casamentos, batizados, bodas de prata, festas de formatura, noivados e até churrasco comemorativo de divórcio. A instalação *Doméstica, da escravidão à extinção: uma antologia do quartinho de empregada no Brasil*, onde ficava a cama doada por dona Justina. A coleção *Pedro Pedreiro*, que discutia as condições de trabalho desumanas a que estão submetidos os trabalhadores da construção civil no Brasil.

Será que o projeto Arqueologia de Favela encontraria algum desses objetos nas escavações? E, se os encontrasse, teria algum compromisso em reconstituir sua memória? Era esse o pensamento de Renata enquanto escutava com atenção máxima a memória do oceano.

Renata havia colado na contracapa do *Mar aberto* o panfleto que os colegas da irmã mais velha distribuíram durante a festa de coroação de Nossa Senhora do Rosário, um ano antes do acidente causado pela chuva torrencial fora de época: *"O Museu Comunitário da Vila Real do Curral Del'Rey atualiza e alarga a definição de quilombo urbano como um território negro que reivindica o direito à cidade para a população negra e moradora de favelas, desde a memória à fruição. Propomos um Museu vivo, uma força agregadora de saberes, impulsora de desejos de permanência em um espaço, a favela, como agentes de transformação que ressignificam o tempo da urbe por meio de relações mais humanas e solidárias. Este Museu é um dinamizador de afetos que almeja preservar a memória de pessoas que construíram a cidade de Belo Horizonte e pouco tiveram* e têm acesso às suas benesses; pessoas que são hostilizadas pelos que sempre detiveram os recursos materiais, ao mesmo tempo que são explorados como mão de obra de baixo custo para trabalhar em suas casas ricas. O Museu oferece carne, ossos e sistema nervoso ao entendimento do conceito de gentrificação experimentado pelos moradores de favela em seus próprios corpos e em suas honradas moradias, enviados a contragosto para lugares muito distantes dos centros urbanos por ação caprichosa e desumana da especulação imobiliária. O Museu quer se ocupar de guardar a alma desses territórios negros expropriados em objetos carregados de história e humores doados ao acervo. Quer registrar os depoimentos e os sonhos das pessoas que são obrigadas a deixar o seu meio, mudando-se para lugares sem história. O Museu Comunitário da Vila Real Pombal do Curral Del'Rey quer ser o guardião das memórias dessas gentes, queremos dizer a elas: vocês não estão sós, nós estamos aqui, ficaremos aqui e pedaços significativos de vocês ficarão conosco e contarão aos que vierem quem foram vocês e as riquezas humanas que construíram. Como na canção, nosso Museu é sentinela e vela pela memória dos que se foram, seja porque se mudaram, seja porque se desconectaram deste mundo. Nosso Museu é protetor da memória dos que lutaram e conseguiram permanecer, dos que lutaram e foram desterritorializados. O Museu Comunitário da Vila Real Pombal do Curral Del'Rey é a casa que grita pelo direito à cidade para os *negros e moradores de favela, é o quilombo urbano que revitaliza o sentido de liberdade que erigiu os quilombos originários."*

Relações mais humanas e solidárias, dizia o panfleto. Os pais de Renata se culparam o resto da vida por não terem se despedido dos vizinhos adequadamente, por eles terem morrido e pela família ter sobrevivido, mas como eles iriam explicar para as pessoas que os cachorros sentiam o cheiro da morte e eles se mudaram porque consideraram seriamente o aviso dado por eles?

Cidinha da Silva

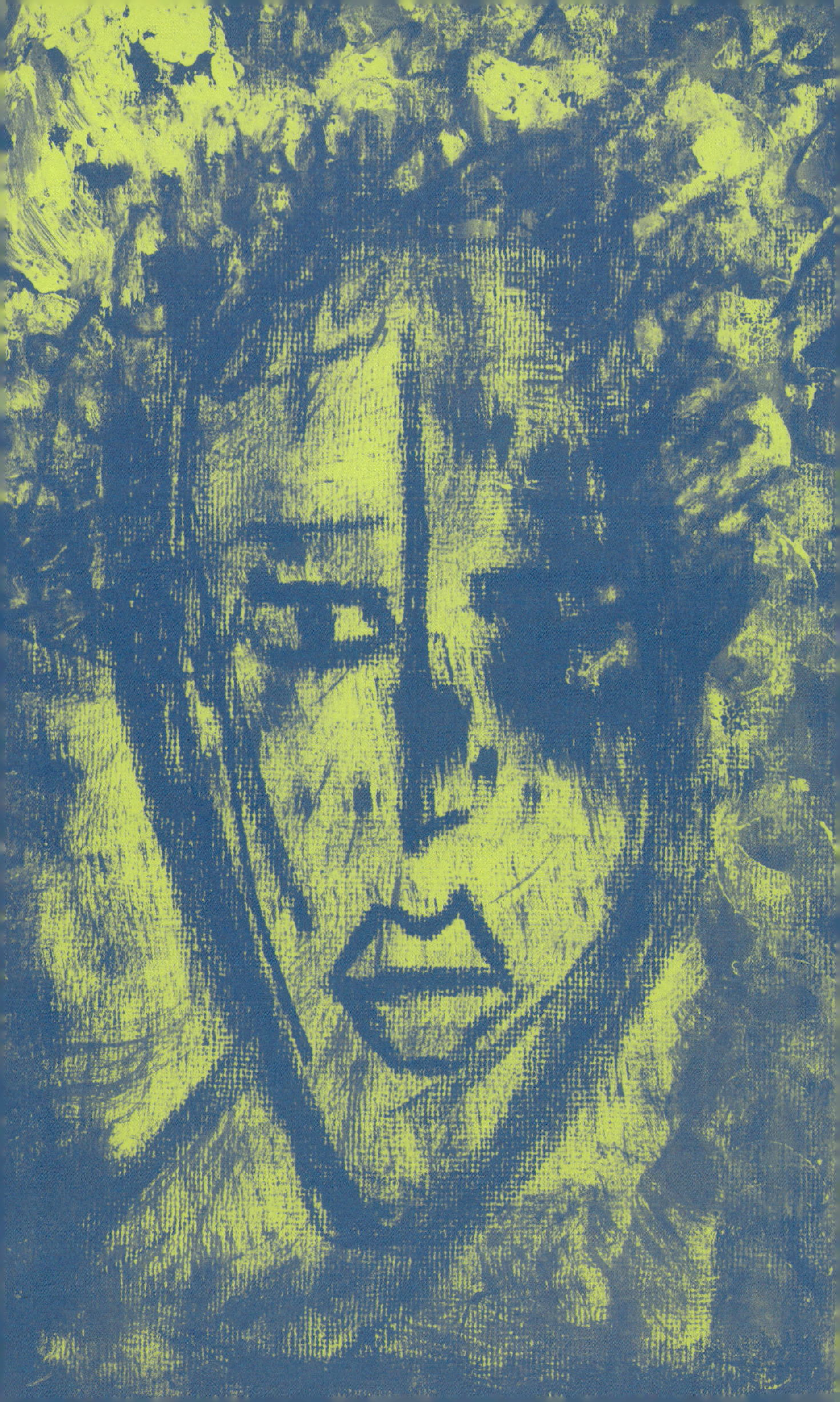

ANA PAULA LISBOA

SÃO LÁZARO

Gritaria no portão. A mãe o segurou pelo braço, não queria ficar sozinha, mas não adiantava mais. O filho único ainda esperou por meses depois da morte do pai, a mãe pediu, achava que com o tempo ele desistiria de fazer aquela viagem, mas o tempo não ajudou.

A família aprendeu que o tempo não ajudava em nada, ficava o tempo ali passando e passando, eles sofrendo e sofrendo, a doença aumentando e aumentando.

Seu Omar morreu daquela doença que antes era proibido até falar o nome, para não atrair. Mas depois ficou tão comum que já diziam dela na televisão e no rádio, falando de prevenção. No caso dele, não houve tempo de prever, seu Omar definhou rápido. O homem corpulento, de cabelos crespos fartos e grande sorriso, agora era magro, careca e de olhos fundos.

Não quis contar, mas soube da própria morte antes de todos. Apesar das promessas da mulher para todos os santos, apesar do desejo de vida. Criado bebendo água na moringa, fazia tempo que seu Omar não acreditava em mais nada, a não ser nele mesmo e na família. Guardava a guia antiga numa caixinha. Foi em sonho que um dos santos achou mais certo avisá-lo.

São Lázaro abria para ele as portas do céu e o levava até uma mesa grande e suntuosa, com todas as comidas que ele não podia mais comer desde o diagnóstico. Seu Omar não perguntava nada, sentava-se à mesa felicíssimo, pedia uma cerveja ao santo e se fartava até a barriga encher toda. Depois, já satisfeito e passando o guardanapo no canto da boca, olhava em volta, lembrava da doença e chorava encarando o santo. São Lázaro chorava junto com ele.

Seu Omar acordou sentindo o peito pesado, o coração carregava toda a tristeza do mundo e as lágrimas corriam como se ele fosse criança. Já podia sentir a saudade, mesmo antes de ir, sentia saudade de tudo. Não disse do sonho, mas passou os quatro dias seguintes gargalhando, ouvindo e cantando samba, tocando o velho bandolim na varanda. Sem que ninguém soubesse, seu Omar se despediu.

No dia um, decidiu que limparia o quintal. Assustou a família levantando-se às cinco horas da manhã. Capinou, varreu e limpou com os braços finos e fracos, o suor escorria em linha reta da testa até o peito. Salvador tentou impedir, mas só restou ajudar e, enquanto faziam o trabalho, seu Omar fez questão de repetir a história do nome do filho, que homenageava a cidade que, para ele, era a mais importante do mundo.

— Tudo que é de melhor no Brasil, começou na Bahia. Ou pelo menos passou por lá.

Perto das dez, convenceu Salvador a levá-lo à feira. Compraram mangas cheirosas e legumes para uma sopa que ele cismou que cozinharia à noite. Chegando em casa, a mulher reclamou das mangas tão maduras. Ele disse para dona Dora não se preocupar, pois ele comeria todas as mangas até domingo.

Seu Omar, apesar da fragilidade, parecia ter recuperado a vitalidade, dizia se sentir forte como um touro. Tanto que, no dia dois, conseguiu uma liberação médica para ir à praia. Ele sabia que dona Dora adorava a água salgada. Foi assim que a conquistou, na juventude, se apresentou como O MAR e prometeu que, se ela fosse mãe dos seus filhos, a levaria para se banhar em todos os oceanos do mundo. Dora respondeu que não fazia questão de conhecer a Antártida, mas aceitava os outros.

Agora, mais uma vez no mar gelado do Arpoador, seu Omar a segurava e a fazia boiar em seus braços. A água era amiga na força, suportava o corpo de dona Dora, suportava o peso da saudade no peito e as lágrimas salgadas que rolavam do rosto dele, sem que ela percebesse.

— Dora, eu te amo.
— Eu sei.
— Como você sabe?
— Seus olhos dizem mais que sua boca.

No dia três, teve samba no quintal. Os amigos foram chegando, o cavaco, o pandeiro, o surdo, as carnes, o gelo e a casa na Baixada Fluminense foi enchendo. Parecia que tudo havia voltado ao normal, ou era um novo normal estabelecido. Um boné vermelho disfarçou a careca de seu Omar e assim quase mais se ninguém lembrava da doença, em meio aos versos de "o show tem que continuar". Ao melhor amigo, seu Omar contou em tom de piada que o céu era azul e que os santos bebiam cerveja. E não houve quem não se emocionasse quando, a plenos pulmões, o solo de seu Omar dizia que "se o clarão da luz do teu olhar vem me guiar, conduz meus passos por onde quer que eu vá".

Depois do almoço, no quarto dia, ele chamou Salvador. Enquanto comiam as últimas mangas, desenharam juntos o roteiro da viagem que fariam, assim que ele estivesse curado. Decidiram que tudo começaria indo de avião até Olinda, em Pernambuco e depois desceriam de carro, parando pelo litoral brasileiro, até chegarem de volta ao Rio de Janeiro. É que seu Omar uma vez leu os versos de Carlos Pena Filho e nunca mais esqueceu do poema que dizia:

> *Olinda é só para os olhos,*
> *não se apalpa, é só desejo.*
> *Ninguém diz: é lá que eu moro.*
> *Diz somente: é lá que eu vejo.*

Ele tossiu, dona Dora trouxe um copo d'água, seu Omar perguntou "Você sabe que eu te amo?" e então desmaiou no sofá. Ela dirigiu até o hospital enquanto Salvador amparava o pai no banco de trás. Ele ainda abriu os olhos uma última vez.

Ana Paula Lisboa

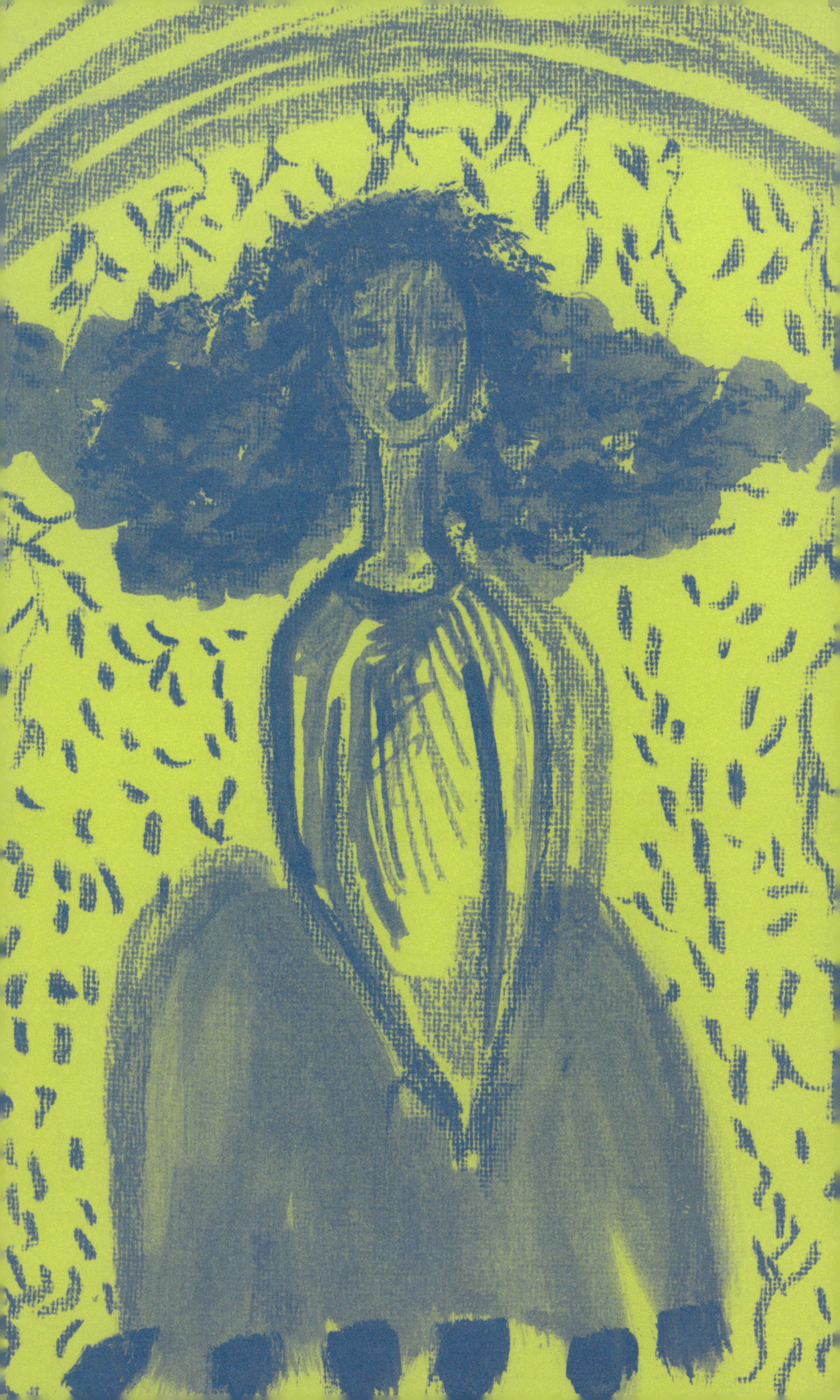

LUCIANA NABUCO

QUERÊNCIA

Ajeitou com ternura amarga as mãos da velha no caixão. Os pés, escondidos em flores que definhavam como aquelas intermináveis horas, os pés estavam imóveis.

Precisava de um pouco de ar. Desceu as escadas do casarão e viu pela primeira vez a rua. Um ar soprou por dentro de Querência.

Os pés.

A velha caminhava arrastado. Criança era espreitada pela mãe. As brincadeiras eram urgentes, apressadas, logo ouvia os passos que chamavam responsabilidades.

"Você faz tudo errado, lerda demais."

Quando era época de Carnaval, os serviços aumentavam, a casa lotava de sapatos que seriam caprichosamente forrados, reis e rainhas seriam calçados pela velha.

Porque talvez sempre fosse assim.

Velha demais para a alegria.

Mas a menina era fascinada pelas cores, as sobras de tecidos, aviamentos e fitas eram separadas para suas brincadeiras. A poesia sempre se encontra numa desgastada caixa de lembranças.

Querência procurou pela vida por essa caixa perdida.

Mocinha cantava as canções do rádio. "Se Análoga não quiser ir, eu vou só, eu vou só...", "lá do morro da Formiga ou do Borel se vê a Casa branca, se ouve o gemido da cuíca...", "guardei até onde eu pude guardar o cigarro deixado em meu quarto...".

A pobreza diária era aliada nas horas vazias, cheias de imaginação. O barulho da máquina de costura da mãe nunca mais a abandonou. O cigarro que acendia para entregar com uma boa dose de café, daqueles bem fortes e doces, alimento que segurava o cansaço, a falta de recursos que exigia o dobrado da força e a rigidez na lida com a filha.

"Não sei se vai te servir, experimenta" e enfiava o vestido com rapidez, alinhavava a bainha; imóvel Querência aceitava.

"Vê se cuida direito, não é para sair sujando esse vestido, viu, dona menina?"

Orgulho da velha nas tardes de folga, a menina asseada e dócil como um bom bichinho adestrado.

Na primeira regra teve um sentimento de morte. E desejo que invadiu ao olhar os rapazes. A agulha era esse corpo delicado que mergulhava em tecidos macios, feito rios onde se afogava. Costurava bordados que mais tarde iriam também servir para os sapatos que a mãe cada dia mais velha não conseguia terminar sem ajuda. O orgulho ferido que necessitava dessas ajudas cada dia mais frequentes.

Querência não viu todo tempo que havia passado. A agulha, os tecidos, o suor pesado que escorria e caía entre suas pernas levariam anos para o esquecimento completo.

Naquela tarde o ar voltou.

Prometeu comprar mais flores para enfeitar o caixão. Precisavam ser amarelas, a velha iria gostar.

"Mulher honesta usa amarelo, aprende isso, Querência!"

De relance, viu sua imagem no espelho da loja. Seu rosto redondo, os fios brancos que teimosamente surgiam, pareciam as linhas emboladas da caixa de costura. Onde ela estaria? Onde tinha guardado as tardes das brincadeiras pela Penha, as visitas dos tios que uma vez levaram um pintinho de presente e a mãe a fizera trocar na feira por três goiabas.

Confiança desde cedo estraga a gente no futuro, pensava ela.

Pegou as flores, e delicadamente enfeitou os cabelos da mãe.

Sentiu vontade ali de soltar os cabelos, rodopiar pelo fúnebre ambiente, como aquela vizinha que tinha fugido com um motorista mais novo. E não vestia amarelo.

Detestou suas gentilezas desastradas, as recusas dos primeiros flertes.

Porque precisava cuidar da pobreza.

Porque foi domesticada na escassez de sentimentos.

E olhava os pés da velha. Sentiu vontade de vomitar, o cheiro enjoado das flores, a complacência dos estranhos, os olhares cheios de falsa tristeza.

"Nunca fui amada."

A família era daquelas que se reunia apenas nas tragédias. Há certos lugares assim.

Rodopiar. Sair correndo daquele lugar. Daquele lugar. Daquele lugar. Repetia mentalmente.

A certeza de que a continuidade estava nos pés.

Aproximou-se do caixão. Estava quase na hora de tudo aquilo terminar. Uma vida restrita, que talvez tivesse cor apenas no tempo da costura. Sobreviveram. Mãe e filha. Envelheceram juntas. Mas não estava morta.

Nunca mais estaria.

Desfiou cuidadosamente a sobriedade materna. Ajeitou os longos cabelos ralos e embranquecidos sobre a gola do vestido. Agora pareciam ramos de flores, caules.

Passou as mãos nos cabelos pela última vez e soprou.

"Vá em paz mãe."

Era véspera de carnaval.

Querência vestiu a mais linda saia vermelha e desapareceu feliz nas ruas do esquecimento.

Luciana Nabuco

SOBRE AS AUTORAS

CONCEIÇÃO EVARISTO

Escritora, ficcionista e ensaísta, graduada em letras com ênfase em literatura pela UFRJ; mestre em literatura brasileira pela PUC-Rio, doutora em literatura comparada pela UFF. Sua primeira publicação foi em 1990 na série Cadernos Negros do grupo Quilombhoje. Dos sete livros publicados, cinco foram traduzidos para inglês, francês, espanhol, árabe e eslovaco. Em 2015, *Olhos d'água* foi vencedor do Jabuti na categoria Contos e Crônicas.

No Salão do Livro de Paris, lançou as obras *Ponciá Vicêncio* e *Insubmissas lágrimas de mulheres,* pela editora Anacaona, e *Poemas da recordação e outros movimentos* em edição bilíngue (português/francês) e *Olhos d'água* em francês pela editora Des Femmes. Foi condecorada com o Prêmio do Governo de Minas Gerais pelo conjunto de sua obra; prêmio Nicolás Guillén de Literatura pela Caribbean Philosophical Association; prêmio Mestra das Periferias pelo Instituto Maria e João Aleixo; e homenageada com a Ocupação Conceição Evaristo pelo Itaú Cultural.

Em 2019, teve três livros aprovados no PNLD Nacional; foi a escritora homenageada da Olimpíada de Língua Portuguesa pelo Itaú Social; e pelo prêmio Jabuti como personalidade literária. Em 2022, tomou posse da Cátedra Olavo Setúbal de Arte, Cultura e Ciência, na USP. Em 2023, venceu o prêmio Intelectual do Ano — Troféu Juca Pato, organizado pela União Brasileira de Escritores (UBE). Este ano, no Dia Internacional da

Mulher, a escritora tomou posse da cadeira 40 da Academia Mineira de Letras. Conceição é mineira de Belo Horizonte e mãe de Ainá — sua especial menina.

ELIANA ALVES CRUZ

Uma das maiores e mais potentes autoras da literatura brasileira contemporânea, com obras premiadas no Brasil e no exterior. Jornalista, escritora e roteirista, foi indicada ao International Emmy Awards 2024, a maior premiação da televisão mundial, por sua atuação como roteirista da série *Anderson Spider Silva*. Foi vencedora do prêmio Jabuti em 2022 pelo livro de contos *A vestida*, no qual aborda as relações étnico-raciais brasileiras. Entre suas obras de destaque estão: *Água de barrela* — prêmio Oliveira Silveira e Menção Honrosa no prêmio Thomas Skidmore (Brown University); *O crime do cais do Valongo*, semifinalista do prêmio Oceanos e listado entre os melhores livros de 2018 pelo jornal *O Globo*; *Nada digo de ti, que em ti não veja*, vencedor do prêmio Raquel de Queiroz da União Brasileira de Escritores em 2022; e *Solitária*. Também é autora de obras infantis, como *A copa frondosa da árvore*, *O desenho do mundo* e *Gênios da nossa gente*. Apresenta o programa *Trilha de Letras* (TV Brasil), único dedicado à literatura na TV aberta. É chefe de sala na série *Capoeiras* (Disney Star+), criadora de conteúdo para o projeto Narrativas Negras (Paramount) e pesquisadora para Globo e Fox. Carioca, é uma referência em narrativas que resgatam e reconstroem as histórias afro-brasileiras.

CIDINHA
DA SILVA

Mineira, de Belo Horizonte; tem 22 livros publicados, dentre eles os premiados *Um Exu em Nova York* (Biblioteca Nacional, 2019, categoria Contos / Clarice Lispector) e *O mar de Manu* (APCA 2022, melhor livro infantil). Organizou duas obras fundamentais para o pensamento sobre as relações raciais contemporâneas no Brasil, *Ações afirmativas em educação: experiências brasileiras* (2003) e *Africanidades e relações raciais: insumos para políticas públicas na área do livro, leitura, literatura e bibliotecas no Brasil* (2014). Vários de seus livros integram políticas públicas de formação de acervo, incluindo o PNLD Literário, no qual teve quatro obras selecionadas a partir de 2020. É cronista do jornal literário *Rascunho*.

ANA PAULA LISBOA

Escritora, editora, apresentadora e colunista. Favelada e carioca de nascimento, atualmente divide a vida entre o Rio de Janeiro e Luanda, capital de Angola, onde está ligada a diversos projetos no setor cultural. Escritora desde os 14 anos, publicou contos, crônicas e poesias em coletâneas nacionais e internacionais e, desde 2016, escreve para o "Segundo Caderno" do jornal *O Globo*. Em 2024, fundou o Ateliê Primeira Pessoa, um espaço que tem o objetivo de criar um ecossistema que promova a cultura, a criação de novas histórias e a diversidade de vozes de literatura negra em língua portuguesa.

LUCIANA NABUCO

Jornalista, tradutora, escritora e artista visual, nasceu no Acre e desde 2003 trabalha com a temática afro-indígena brasileira. Em 2012 escreveu e dirigiu o documentário *Mãos feitas de fé*, sobre rituais de candomblé, que foi exibido no Benin. Realizou diversas exposições de suas pinturas na França e no Brasil sobre o panteão místico afro-brasileiro. Autora e ilustradora de livros infantis, publicou em 2018 *Okan, a casa de todos nós*, sobre a memória iorubá. Sua fonte inspiradora é o mosaico geográfico latino-americano com suas cores, força e mulheres, e a arte como ponte de conexão entre os povos e memória ancestral. Yawo do terreiro de Matriz Africana Ilê Alá Casa de Oxalá e Oxum, inaugura em *Imigram meus pássaros* sua primeira antologia poética, seguida de *Nossas almas murmuram na sombra*, ambas pela Editora Penalux. Em 2022, lançou *Orikis, histórias de terreiro* em parceria com Luiz Antonio Simas. Em 2023, na Flip, realiza as pinturas do livro *Macabéa, flor de Mulungu*, de Conceição Evaristo, publicado pela Editora Oficina Raquel. Em 2024, em parceria com Pedro Ivo Frota, escreve o roteiro para o novo espetáculo da Unicirco Marcos Frota e inaugura a exposição "Eleko, as guardiãs do segredo" no Cine Santa Teresa.

SOBRE A ORGANIZADORA

JANAÍNA SENNA

Editora e tradutora com quase duas décadas de carreira no mercado editorial brasileiro. Responsável pelo catálogo nacional do grupo Ediouro, é mestre e doutora em literatura brasileira e história literária, pós-doutora em crítica textual e tem larga experiência com a preparação e edição de originais. Já trabalhou em inéditos de Rubem Fonseca, Carlos Heitor Cony, Laurentino Gomes e diversos outros autores contemporâneos; atuou junto com a equipe de especialistas do Instituto de Estudos Brasileiros (IEB-USP) na fixação de texto dos livros de Mário de Andrade e João Guimarães Rosa; esteve à frente da seleção e publicação anual de livros inéditos de uma parceria da Nova Fronteira com a Amazon, o prêmio Kindle; coordenou a coleção "Clássicos para Todos", em parceria com a Saraiva; além de ter traduzido cerca de trinta livros, do inglês, francês, espanhol e catalão, e organizado antologias selecionadas em programas de governo.

Direção editorial
Daniele Cajueiro

Editora responsável
Ana Carla Sousa

Produção editorial
Adriana Torres
Júlia Ribeiro
Laiane Flores
Mariana Oliveira

Revisão
Daiane Cardoso
Mariana Gonçalves

Projeto gráfico de miolo
Larissa Fernandez
Marina Lima

Capa
Leticia Fernandez

Diagramação
Lúcio Nöthlich Pimentel

Este livro foi impresso em 2025, pela Reproset, para a Nova Fronteira. O papel do miolo é Ivory Slim 65g.m² e o da capa é cartão 250g/m².